# BTS

### Test Your
### Super-Fan Status

# BTS

## Test Your Super-Fan Status

**1판 1쇄 발행** 2018년 12월 20일
**1판 2쇄 발행** 2018년 12월 24일

**글쓴이** 케이트 해밀턴
**옮긴이** 김문주
**펴낸이** 여종욱 손기주

**편집** 권영선

**펴낸곳** 금요일오후 **등록** 2014년 9월 26일 제 2014-000010호
**주소** 서울 영등포구 선유로33길 2-2 **전화** 02-2679-7213 **팩스** 02-2679-7214
**이메일** nuri7213@nate.com

ⓒ 썬더버드 2018 Printed in korea
ISBN 979-11-963620-4-1 03840

값은 뒤표지에 있습니다. 잘못된 책은 구입하신 곳에서 바꾸어 드립니다.
금요일오후는 썬더버드의 에세이 출판브랜드입니다.

# BTS

## Test Your
## Super-Fan Status

그요2오후
이
⬛ Friday afternoon

# Contents

# ABOUT
# THIS BOOK

## RM, JIN, SUGA, J-HOPE, JIMIN, V, JUNGKOOK

일곱 명의 멤버로 구성된 방탄소년단, 일명 BTS는 지금 세계에서 가장 잘나가는 아이돌 그룹이야.

BTS가 한국 가요계에 혜성처럼 등장한 것은 2013년. 그리고 5년 후 발표한 세 번째 정규 앨범 〈러브 유어셀프 전 '티어'(Love Yourself 轉 'Tear')〉가 '빌보드 200' 차트 1위를 기록했지. BTS는 우리나라 최초로 미국 빌보드 차트 1위에 오른 케이팝 가수가 됐고, 그 후 발표한 〈러브 유어셀프 결 '앤서'(Love Yourself 結 'Answer')〉로 다시 한 번 빌보드 정상을 차지했어. 그리고 전 세계적으로 돌풍을 일으키게 됐지.

SNS를 통해 BTS의 팬들, 그러니까 자랑스레 불러보는 그 이름 '아미'들과 활발히 교류하면서 넌 이미 BTS의 모든 것을 알고 있다고 생각할 수도 있어. 그러면 너의 그 깨알 같은 지식들을 가지고 재미있는 퀴즈와 퍼즐을 풀어볼까? 답을 찾으면서 흥미진진한 이야기와 함께 마음껏 상상력을 펼쳐보는 거야, 어때?

당연히 준비됐겠지!
연필을 쥐고 페이지마다 맨 위에 쓰여 있는 지시에 따라 문제를 풀어봐.
정답은 91~96페이지에서 확인할 수 있어.
케이팝의 황제 방탄소년단에 관한 모든 것을 샅샅이 훑어보면서 너의 팬심을 한 번 확인해보는 기회가 될 거야.

# 넌 최정예 아니너?

**그러니까 넌 BTS 멤버들에 대해 모든 걸 안다고 자신하는 거지?**
**다음 퀴즈를 풀고 너의 팬심을 한번 측정해봐.**

정답은 91페이지에 있어.

1. 제이홉이 가장 좋아하는 색깔은?

   a. 금색

   b. 파란색

   c. 초록색

2. V라이브 〈달려라 방탄〉 '펫프렌즈' 편 어질리티 경기대회에서 1위를 차지한 멤버는?

   a. 진

   b. RM

   c. 제이홉

3. RM은 '─────의 신'이라는 별명이 있다.

   a. 전쟁

   b. 평화

   c. 파괴

**4.** 아미는 'Adorable _____ MC for Youth'의 약자다.

   **a.** Representative

   **b.** Role

   **c.** Radical

**5.** BTS를 탄생시킨 방시혁의 별명은?

   **a.** 레전드

   **b.** 힛맨뱅

   **c.** 미스터 빅

**6.** 멤버들이 꼽는 BTS 최고의 요리사는?

   **a.** 뷔

   **b.** 진

   **c.** 정국

**7.** RM은 다음 중 어떤 TV 프로그램을 보며 영어를 공부했을까?

   **a.** 〈프렌즈〉

   **b.** 〈스폰지밥〉

   **c.** 〈심슨〉

**8.** 인터뷰 중 누가 가장 웃기냐는 질문을 받으면 BTS 멤버들은 모두 이 사람을 가리킨다. 누구일까?

   **a.** 슈가

   **b.** 지민

   **c.** 정국

**9.** 다른 멤버들이 진에게 붙여준 별명은?

    **a.** 아빠

    **b.** 할머니

    **c.** 이모

**10.** 제이홉의 사인에는 어떤 그림이 들어가 있다. 그 그림은 무엇일까?

    **a.** 나무

    **b.** 꽃

    **c.** 꿀벌

**11.** 슈가가 밝힌 자신이 가장 좋아하는 보이밴드는?

    **a.** 원 디렉션

    **b.** 백스트리트 보이즈

    **c.** 엔 싱크

**12.** <쩔어(Dope)> 뮤직비디오에서 정국이 입은 의상은 무엇일까?

    **a.** 소방관

    **b.** 군인

    **c.** 경찰관

# FACT FILE: RM

**RM에 관한 다음 네 가지 설명 가운데 진실은 오직 세 가지뿐.
각 문장을 읽고 진실이라고 생각하면 ♡ 표시를,
거짓이라고 생각하면 X 표시를 해봐.**

정답은 91페이지에 있어.

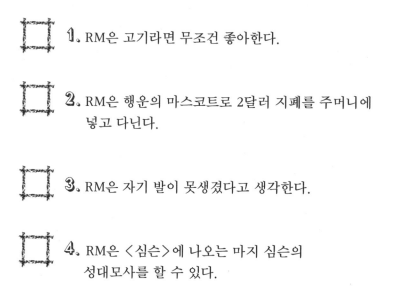

1. RM은 고기라면 무조건 좋아한다.

2. RM은 행운의 마스코트로 2달러 지폐를 주머니에 넣고 다닌다.

3. RM은 자기 발이 못생겼다고 생각한다.

4. RM은 〈심슨〉에 나오는 마지 심슨의 성대모사를 할 수 있다.

# 노래 제목을 찾아라!

**위, 아래, 앞, 뒤, 심지어 대각선까지 너의 눈길이 닿는 곳이 어디든 BTS와 그들의 히트곡 제목이 눈에 들어올 거야. BTS의 열한 곡이 잘 보이니?**

찾다가 막히면 91페이지를 펴봐.

‘FIRE’

‘SAVE ME’

‘NO MORE DREAM’

‘SILVER SPOON’

‘FAKE LOVE’

‘SPRING DAY’

‘MIC DROP’

‘DANGER’

‘DNA’

‘DOPE’

‘BOY IN LUV’

| F | M | O | T | W | U | H | K | S | E | C | P | R | L | D |
|---|---|---|---|---|---|---|---|---|---|---|---|---|---|---|
| B | R | M | E | N | O | V | R | O | F | F | O | R | B | W |
| P | C | J | A | G | I | S | T | G | U | Y | H | E | P | S |
| R | U | S | X | E | M | I | C | D | R | O | P | V | I | N |
| N | P | H | E | F | R | D | O | X | A | J | A | W | T | E |
| S | M | Y | E | A | R | D | R | S | F | N | M | D | Z | R |
| D | J | O | V | K | L | U | E | B | D | V | G | I | S | I |
| B | W | Z | O | E | T | O | X | R | Y | T | A | E | P | F |
| I | S | I | L | V | E | R | S | P | O | O | N | R | R | K |
| T | C | G | E | P | R | I | D | F | B | M | K | P | I | D |
| M | S | J | K | H | O | W | E | P | D | E | O | Z | N | B |
| L | E | A | A | T | K | T | V | G | O | B | I | N | G | O |
| N | N | O | F | Y | R | I | P | S | P | U | T | W | D | R |
| L | W | S | A | V | E | M | E | C | E | H | I | L | A | C |
| N | R | E | V | U | L | N | I | Y | O | B | D | J | Y | P |

# 셀럽들이
# 사랑하는 BTS

**점점 더 많은 스타들이 아미에 가입하고 있어. 다음은 셀럽들이
인터뷰나 트위터 등을 통해 BTS에 대해 한 말들이야.
아래에 나열된 이름을 보고 누가 한 이야기인지 연결 지어볼까?**

그리고 92페이지로 넘어가 정답을 확인해보도록!

안셀 엘고트(미국 영화배우)

존 시나(미국 프로레슬링 선수, 영화배우)

션 멘데스(캐나다 가수)

백스트리트 보이즈(미국 가수)

존 레전드(미국 가수)

테일러 스위프트(미국 가수, 영화배우)

카밀라 카베요(쿠바 가수)

켈라니(미국 가수)

체인스모커스(미국 EDM 듀오)

찰리 푸스(미국 가수)

리암 페인(영국 가수)

타이라 뱅크스(미국 모델)

할시(미국 가수)

메건 트레이너(미국 가수)

자레드 레토(미국 가수, 영화배우)

피터 크라우치(영국 축구 선수)

1. "한 명, 한 명이 솔로 가수로서 아주 훌륭하다. 정말 다양한 스타일을
소화해낸다. 칼군무 때문에 BTS로 활동한다는 건 정말 고된 일일 것
같다. 사실 나는 예전부터 BTS와 뭔가를 함께 해보고 싶었다. 하지만
다른 누군가가 벌써 치고 나가서 내가 밀려버린 것 같다."

답: .................................................................................................

2. "BTS는 케이팝 계의 원 디렉션이다. 난 정말 BTS랑 같이 작업하고 싶다고! 아닌 것 같아? 진짜 하고 싶다고! BTS, 연락 좀 줘요!"

답: ....................................................................................

3. "완전 짱이에요. (They r soooo sweet.)"

답: ....................................................................................

4. "나의 최애는 제이홉이다. 나와 비슷한 길거리 감성을 가졌으니까."

답: ....................................................................................

5. "BTS, 완전 팬이에요."

답: ....................................................................................

6. "BTS, 만나서 진짜 반가웠어요! 끝내줬어요!"

답: ....................................................................................

7. "2018 빌보드 뮤직 어워드 백스테이지에서 BTS와 함께!"

답: ....................................................................................

8. "진짜 좋아해요. 정말 훌륭한 공연이었어요. 애프터 파티에서 봐요."

답: ....................................................................................

9. "BTS를 만나는 것이 스마이징보다 좋다."

답: ....................................................................................

**10.** "우린 진짜 BTS의 엄청난 팬이라고!"

답: ..............................................................................................

**11.** "내 눈에 비친 건 바로 BTS에 대한 사랑."

답: ..............................................................................................

**12.** "대단한 가수라고 생각한다. BTS는 정말 다정하다. 내가 살면서 만나본 가장 아름다운 남성들이다."

답: ..............................................................................................

**13.** "방금 BTS 트위터를 봤는데 정말 짱이다, 와우!"

답: ..............................................................................................

**14.** "……로부터 사랑받는 RM."

답: ..............................................................................................

**15.** "(BTS는) 환상적인 아이돌 그룹이라 생각한다. 그리고 언젠가 개인적으로 만나보고 싶다."

답: ..............................................................................................

**16.** "완전 ♥이다. 정말 최고로 멋진 친구들이다. 와서 응원해줘서 고마워요. 앨범 정말 기다려져요."

답: ..............................................................................................

# 아미의 상상은 현실이 된다

**만약 일곱 명의 탄이들과 함께 하루를 보낼 수 있는 행운을 얻는다면 넌 뭘 하고 싶어? 다음 이야기들을 읽고 빈칸을 채워보자. 상상력을 마음껏 발휘해 꿈같은 하루를 만들어보기를!**

역시 BTS는 좀 대접할 줄 알더라. 난 공항에서 매니저의 안내에 따라 대기하고 있던 ................로 향했지. 내 심장은 터질 것만 같았어.
잔뜩 흥분한 채 그 안으로 들어서자 두터운 카펫 위로 작은 조명들이 반짝였지. 그리고 커다란 바에 설치된 냉장고에는 음료수와 간식거리가 가득했어.

"원하시는 대로 마음껏 드셔도 됩니다."
매니저가 웃으며 말하더군.

난 냉장고로 다가가 ............를 꺼낸 다음 ............를 먹으려고 집어 들었어.

그 후 커다랗고 푹신한 하얀 가죽 의자에 푹 파묻힌 나는 BTS가 살고 있는 아파트까지 마치 아이돌인 양 이동했지. 어찌나 럭셔리한지, 이 여행이 끝나버리는 것이 아쉬울 정도였어.

누군가 날 위해 문을 열어줬어. 그런데 막 내리려는 순간, 글쎄 내 일생 최고의 깜짝 선물이 기다리고 있는 거야! 일곱 멤버 모두가 나와 함께 움직이려고 이 안으로 머리를 불쑥 들이민 거지.

"너, ............. 맞지?" 탄이들이 그러더라. 그러고는 날 보며 활짝 웃었어. 모두가 가슴께에 양손을 모아 주먹이라도 쥐듯 살포시 오므리고 있더라고. RM이 설명을 시작했어. 멤버마다 종이를 한 장씩 쥐고 있는데, 그 종이에는 각기 다른 일과가 쓰여 있다는 거야. 그러면서 나보고 그중 하나를 고르라고 하더라고.

미소 띤 탄이들의 얼굴을 하나하나 살펴보다가 나는 ...............를 선택했지. 반듯하게 접힌 종이를 펴보니 글쎄 이렇게 쓰여 있는 거야.

" ................................................................................................

................................................................................................

.................................................... . "

진심 재미질 것 같았어. 나는 다시 자리에 앉아 그 순간을 좀 즐겼지. BTS가 나랑 함께 있다니! 도착하자마자 나는 탄이들과 밖으로 나왔어. 그러자 .................................가 눈에 들어왔지. ..............................

.................................................................................... 처럼 보였어.

RM이 이러는 거야.

" ................................................................................................

................................................................................................

.................................................... . "

더 이상 참을 수가 없었어. 그래서 난 이렇게 말해버렸지.

" ................................................................................................

................................................................................................

................................................................................................

.................................................... . "

갈비뼈 사이가 찌릿찌릿한 느낌이었어. 왜냐하면 ...............................
슈가가 ..............................................................................................

..............................................................................................

.............................. 하면서 날 웃겼거든.

그러더니 뷔가 ...............................................................................

..............................................................................................

.............................................................................................. .

가장 쩌는 건 ...............................................................................

..............................................................................................

..............................................................................................

..............................라는 거야.

심지어 ..........................................................................................

..............................................................................................

.......................................................... 해서 난 ...........................

..............................................................................................

.......................................... 겨우 할 지경이었다니까.

그리고 나서 탄이들이 나를 바다가 내려다보이는 아름다운 레스토랑으로
데려갔어. 나는 메뉴를 보고 처음에는 ..............................를 주문하고, 그다
음 코스로는 ..................................을 달라고 주문했지. 그리고 마지막은 맛
있는 ..................................로 마무리하기로 했어. 추릅!

지민이가 그러는데 자기가 가장 좋아하는 음식은 ..................................래.
그래서 난 ..........................을 좋아한다고 얘기해줬지.

식사가 끝나고 ..................................가 잠깐 자리를 비웠어. 나는 계속 다
른 탄이들하고 수다를 떨었지. 그러다가 완전 깜놀! 음악이 흐르기 시작하
더니 ..................................가 손에 마이크를 쥐고 나한테 걸어오는 거야.

그리고 나만을 위해 ..................................를 노래하기 시작했어!

그러더니 나한테 노래를 같이 하자지 뭐야. 그래서 난 웃으며 말했지.
" .................................................................................................
........................................... . "

제이홉은 내게 어떤 직업에 관심이 있는지 물었어. 그래서 나는 대답했어.
" .................................................................................................
................................................................................. . "

그리고 이 완벽한 하루의 마지막에 진이 나에게 방탄소년단을 대표해
..........................를 선물로 줬어. 함께해줘서 고맙다고 말이야.

이 하루가 신기루처럼 끝나버리기 전에 다른 종이에는 어떤 활동들이 적혀
있는지 궁금해졌어. 탄이들은 낄낄대며 웃더니 내게 각자의 종이를 내밀었
어. 종이에는 차례로 이렇게 쓰여 있었어.
" .................................................................................................
.................................................................................................
.................................................................................................
............................................. . "

# FACT FILE:
## 진

**진에 관한 다음 네 가지 설명 가운데 진실은 오직 세 가지뿐.
각 문장을 읽고 진실이라고 생각하면 ♡ 표시를,
거짓이라고 생각하면 X 표시를 해봐.**

정답은 92페이지에 있어.

□ 1. 진은 맨 처음 방탄소년단에 합류한 날 연두색 속옷을 입고 있었다. 그날 이후 진은 언제나 연두색 '행운의 속옷'만 입는다.

□ 2. 진은 슈퍼마리오 피규어를 모은다.

□ 3. 진은 보통 다른 멤버들보다 두 시간 먼저 일어난다.

□ 4. 진은 미래에 첫째는 딸, 둘째는 아들을 갖기를 바란다.

# 누가 말했을까?

**BTS는 언제나 뭔가를 떠들어대. 결국 아무 말 대잔치가 되어버리지만!**
**하긴, 그래서 우리가 방탄소년단을 사랑하는 거잖아.**
**다음은 탄이들이 했던 말들이야. 읽어보고 누가 그 말을 했는지 써봐.**

정답은 92페이지에서 확인해볼 것!

1. "저는 3센티미터 정도 더 컸으면 좋겠어요."

   누가 말했을까?: ....................................................................

2. "저는 진짜 진 형처럼 어깨가 넓었으면 좋겠어요."

   누가 말했을까?: ....................................................................

3. "불안함과 외로움은 평생 함께하는 것 같다."

   누가 말했을까?: ....................................................................

4. "열심히 하지 않으면 좋은 결과가 있을 수 없다."

   누가 말했을까?: ....................................................................

**5.** "내가 불이라면 제이홉은 물이라서 나를 끄는 역할을 잘해준다. 친화력이 좋아서 대외적으로나 팀 내부적으로나 물처럼 잘 섞이는 성격이기도 하고."

누가 말했을까?: ...........................................................................................

**6.** "열정 없이 사느니 차라리 죽는 것이 낫다."

누가 말했을까?: ...........................................................................................

**7.** "뷔는 진짜 농담이 아니라 숙소에서 가만히 있다가 '호우, 호우, 호우!' 막 이러면서 돌아다녀요. 이상한 애예요, 진짜."

누가 말했을까?: ...........................................................................................

**8.** "우리는 이제 막 시작했어요. 우리가 이루어야 할 더 멋진 일들이 남아 있죠."

누가 말했을까?: ...........................................................................................

# 진실 or 거짓

## BTS에 관한 다음 문장들을 읽고 진실인지 거짓인지
## 네가 생각하는 정답을 표시해봐.

정답은 92페이지에 있어.

**1.** 진은 〈We Are Bulletproof Pt. 2〉를 부르며 점프를 하는 도중 바지가 벗겨진 적이 있다.

☐ 진실　　　　　　　　☐ 거짓

**2.** 정국에겐 시계가 필요해. 사람들에게 맨날 몇 시냐고 묻거든.

☐ 진실　　　　　　　　☐ 거짓

**3.** 지민은 빨래집게가 엄청 웃기다고 생각하는데 왜인지는 자기도 모른다고 한다.

☐ 진실　　　　　　　　☐ 거짓

**4.** 진은 손을 쓰지 않고 과자 봉지를 뜯고, 양말을 벗을 수 있다.

☐ 진실　　　　　　　　☐ 거짓

**5.** RM은 자신이 차 사고를 낼까봐 절대 운전을 배우지 않겠다고 말했다.

☐ 진실　　　　　　　　☐ 거짓

**6.** 슈가는 2014년 일본 투어 도중 맹장염에 걸렸다.

☐ 진실 ☐ 거짓

**7.** 제이홉은 다른 멤버들이 '엄마'라고 부른다. 방도 청소하고, 부모처럼 야단까지 치기 때문이다.

☐ 진실 ☐ 거짓

**8.** 슈가는 다른 멤버들이 '할아버지'라고 부른다. 전구를 갈고 문고리를 고치며, 주로 RM이 망가뜨린 물건들을 수리하는 담당이기 때문이다. 게다가 가끔은 몰래 낮잠을 자다가 걸리기도 하거든!

☐ 진실 ☐ 거짓

**9.** 고등학교 시절 제이홉은 모범생이었다. 그럴 수밖에 없는 게 아버지가 같은 학교 영어 선생님이셨다.

☐ 진실 ☐ 거짓

**10.** 지민은 어렸을 적에 요리사가 되고 싶었다.

☐ 진실 ☐ 거짓

**11.** 뷔는 휴가 가서 물렸던 경험 때문에 해파리를 무서워한다.

☐ 진실 ☐ 거짓

**12.** 진은 스스로를 '숨바꼭질의 달인'이라고 부른다.

☐ 진실 ☐ 거짓

**13.** 다른 멤버들은 가끔 뷔를 '외계인'이라고 말한다.

☐ 진실 ☐ 거짓

**14.** 정국은 벌레를 싫어한다.

☐ 진실 ☐ 거짓

**15.** 슈가는 자기 다리가 예쁘다고 생각한다.

☐ 진실 ☐ 거짓

# 미스터리
# 트위터

**방탄소년단의 일곱 소년 모두가 열렬한 트위터리안이야.**
**다음에 나오는 트윗은 누가 쓴 건지 알아볼 수 있겠어?**
**가장 마지막에 네가 생각하는 이름을 써봐.**
그리고 92페이지를 펴서 정답인지 확인해보길!

🐦 오늘도 고마워요. 조심히 들어가세요. 내 볼에는 먹을게 한 가득

.......................................................................................

🐦 오랜만에 정말 즐거운 공연. 내 머리가 너무 웃겨.

.......................................................................................

🐦 보고 싶다아아

.......................................................................................

🐦 #VT코스메틱#시카라인#호랑이쿠션크림#
트러블패치케어#VT선스프레이

.......................................................................................

🐦 밥 잘 챙겨먹어요.


이 트윗의 주인공은 바로 ........................................................ 야.

# 별들에게 물어봐

별자리가 너에 대해 들려주는 이야기에 귀 기울여봐.
그리고 BTS 멤버들 가운데 누가 너의 완벽한 데이트 상대가
되어줄지도 알아볼까? 그런 다음 친구와
한번 비교해보는 것도 좋겠다!

## 물병자리(1월 20일~2월 18일) _ 제이홉의 별자리

**성격:** 겸손하고 정직하며 충성스럽지. 지성미 넘치면서 예술적이고 시적이야.

**좋아하는 것:** 적극적인 자세, 운동, 새로운 것 시도하기, 친구 사귀기

**싫어하는 것:** 지루함, 진부한 것

**상상 타임:** 제이홉은 수다 떨기를 좋아해. 제이홉이 널 최고급 레스토랑에 데려가는 날, 대화는 절대 끊이지 않을 거야!

## 물고기자리(2월 19일~3월 20일) _ 슈가의 별자리

**성격:** 믿음직해. 창의적이고 과묵하면서도 예민하지.

**좋아하는 것:** 독서, 그림 그리기, 낙서하기, 글쓰기

**싫어하는 것:** 화제의 중심이 되는 것, 시끌벅적한 파티

**상상 타임:** 슈가와 넌 달빛이 내리비추는 바닷가를 따라 맨발로 걷고 있어. 파도가 밀려와 발가락을 간질이지. 둘은 마음을 툭 터놓는 깊은 대화를 나누게 돼.

## 양자리(3월 21일~4월 19일)

**성격:** 의지가 강하고 즉흥적이야. 야망이 넘치고 열정적이며 장난기도 가득해.

**좋아하는 것:** 새로운 사람들 만나기, 스포츠, 모험, 야외활동

**싫어하는 것:** 집에 틀어박혀 있기, 정리, 보드게임

**상상 타임:** 제이홉은 웃는 걸 좋아하지. 그래서 코미디 영화를 보러 함께 극장에 가기에 딱이야. 단, 제이홉 웃음소리가 좀 큰 건 알지?

## 황소자리(4월 20일~5월 20일)

**성격:** 공감력은 최고지만 고집이 세고 강하지. 그러면서도 현실적이야.

**좋아하는 것:** 다른 사람들 도와주기, 오랜 친구들, 정원 가꾸기, 꾸미기, 뭔가 꼼지락대며 만들기

**싫어하는 것:** 허풍떠는 사람들, 우왕좌왕하는 것

**상상 타임:** 도자기 빚기, 유리 공예, 그림 그리기, 뭐든 간에 슈가와 함께 새로운 것들을 배우며 창의력 넘치는 하루를 보낸다면?

## 쌍둥이자리(5월 21일~6월 21일)

**성격:** 어디든 잘 적응하고 상상력이 풍부해. 또 다정하지.

**좋아하는 것:** 새로운 경험을 하는 것, 파티, 신나는 수다

**싫어하는 것:** 할 일 없이 빈둥대기, 조용히 하기, 혼자 하기

**상상 타임:** 뷔가 좋아하는 건 놀이동산. 그리고 뷔는 자기가 푹 빠져 있는 사람의 손을 잡고 놀이기구를 타면 두 배로 재미있다고 생각한대!

## 게자리(6월 22일~7월 22일)

**성격:** 독립적이고 방어적이지만 세심해.

**좋아하는 것:** 집에 틀어박혀 있기, 역사, 요리

**싫어하는 것:** 엉망진창으로 어질러진 방, 실망하기

**상상 타임:** 진이 자기 집이나, 어쩌면 너희 집에서 로맨틱하게 요리를 해줄 수도 있어. 어때, 마음이 따뜻해지겠지?

### 사자자리(7월 23일~8월 22일)

**성격:** 태생이 리더. 수다스럽고 용감하며 활동적이야.

**좋아하는 것:** 관심을 독차지하는 것, 파티, 재미있는 일, 모험

**싫어하는 것:** 결정 장애, 슬픈 것, 가난한 것

**상상 타임:** 지민은 공연을 할 때 가장 쌩쌩하지. 지민이 너와 함께 무대에 서고 싶다고 부탁하는 모습을 상상해봐!

### 처녀자리(8월 23일~9월 23일) _ RM과 정국의 별자리

**성격:** 비글미 넘치고 털털해. 그러면서도 팀워크를 가장 잘 발휘하는 별자리야.

**좋아하는 것:** 다른 사람 돕기, 새 취미 찾기, 남 웃기기

**싫어하는 것:** 고집 부리기, 이기적으로 굴기, 심각해지기

**상상 타임:** RM은 팀에서 영어를 담당하지. 썸을 탈 때 필요한 말들을 영어로 가르쳐주는 완벽한 선생님이 되어줄 거야.

### 천칭자리(9월 24일~10월 22일) _ 지민의 별자리

**성격:** 이해와 배려의 아이콘. 조용하고 수줍어해.

**좋아하는 것:** 적극적인 태도, 친구들과 놀기

**싫어하는 것:** 결정하기, 경쟁하기

**상상 타임:** 지민은 여유롭지만 재미있는 데이트를 좋아해. 함께 볼링 한 게임 한다면 어떨까?

### 전갈자리(10월 23일~11월 22일)

**성격:** 대담하고 집중력이 뛰어나. 능력 있고 단호하지.

**좋아하는 것:** 수준 높은 토론, 친구들과 연락하기, 파티

**싫어하는 것:** 혼자 있기, 할 일 없이 빈둥대기

**상상 타임:** 예술혼 넘치는 정국에게 연필과 종이 한 장을 쥐어주는 거야. 그리고 너의 모습을 그려달라고 해. 그럼 몇 시간 동안이나 정국의 눈을 들여다볼 수 있을 거야!

## 궁수자리(11월 23일~12월 24일) _ 진의 별자리

**성격:** 감정적이지만 충직하고 철학적이면서도 쾌활해.

**좋아하는 것:** 청소, 다른 사람 돕기, 의미 있는 대화

**싫어하는 것:** 거짓말, 덜렁이

**상상 타임:** 깔끔하고 정리정돈 잘하는 사람. 그게 바로 우리 진이지. 진이 너의 방을 치워주고 꾸며준다고 상상해봐.

## 염소자리(12월 25일~1월 19일) _ 뷔의 별자리

**성격:** 지적이고 웃겨. 그리고 참을성이 많지.

**좋아하는 것:** 비밀 나누기, 파티, 절친 만들기

**싫어하는 것:** 불의, 깜짝 놀라게 하는 것, 무신경한 사람

**상상 타임:** 관심 받는 걸 좋아하는 뷔와 함께 격렬하게 파티를 즐겨보는 건 어떨까?

# FACT FILE: 슈가

**슈가에 관한 다음 네 가지 설명 가운데 진실은 오직 세 가지뿐.
각 문장을 읽고 진실이라고 생각하면 ♡ 표시를,
거짓이라고 생각하면 X 표시를 해봐.**

정답은 93페이지에 있어.

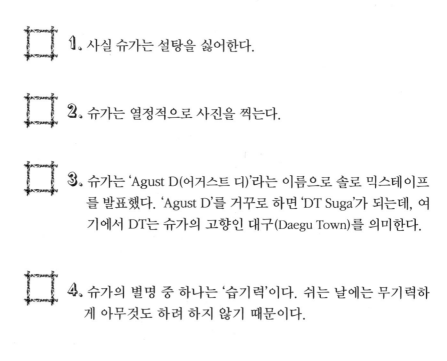

1. 사실 슈가는 설탕을 싫어한다.

2. 슈가는 열정적으로 사진을 찍는다.

3. 슈가는 'Agust D(어거스트 디)'라는 이름으로 솔로 믹스테이프를 발표했다. 'Agust D'를 거꾸로 하면 'DT Suga'가 되는데, 여기에서 DT는 슈가의 고향인 대구(Daegu Town)를 의미한다.

4. 슈가의 별명 중 하나는 '습기력'이다. 쉬는 날에는 무기력하게 아무것도 하려 하지 않기 때문이다.

# BTS에게 소확행이란?

언제나 솔직하게 속마음을 드러내는 방탄소년단.
그렇다면 다음에 나오는 탄이들의 말을 읽고
온전한 문장으로 완성시킬 수 있겠니?
탄이들은 각자 좋아하는 것들을 털어놓고 있는 중이야.
다음에 제시된 단어들 가운데서 하나를 골라 빈칸을 채워봐.

정답은 93페이지에 있어.

| | |
|---|---|
| 화양연화 | 농담 |
| 자기 | 사랑 |
| 컴퓨터 | 크림 |
| 옛날 | 머리 |
| 식당 | 서울숲 |
| 여행 | 잘생겼다 |

## 1. RM
"내가 진정으로 느끼고, 받아들일 마음의 준비가 돼 있다면 태어났을 때부터 죽을 때까지 영원히 ...................... 일 수도 있는 것."

## 2. 지민
" ...................... 은 언제 가도 즐겁다!"

## 3. 뷔
"그림 보는 게 너무 좋더라고요. 그래서 ...................... 정말 유명했던 화가들이나 사진작가들의 사진이나 그림을 보는 게 정말 힐링이 된다는……:"

## 4. 정국
"저녁에 씻고 나와서...................... 바를 때"

## 5. 진
"내 얼굴이 ...................... 고 칭찬 들을 때"

## 6. 정국
"아침에 눈 뜨자마자 ...................... 게임할 때"

## 7. RM
"내가 ......................받고 있다고 느낄 때"

## 8. 슈가

"스케줄 없는 날에 늦게 ......................"

## 9. 정국

"아무 ..................... 가서 혼술!"

## 10. 진

"멤버들이 내 ......................에 웃어줄 때"

## 11. RM

"사람 없는 한낮의 ......................"

## 12. 제이홉

"샤워를 하고 ...................... 를 다 말렸을 때"

# 영어로 도전하는 십자말풀이

**다음에 주어진 설명을 읽고 옆 페이지의 십자말풀이 판을 채워봐.
단, 영어로 답해야 한다는 점을 명심해! 마음껏 실력을 발휘해보자고!**
정답은 93페이지에서 확인해보도록!

## 가로

**2.** BTS의 데뷔 앨범은 〈2 Cool for_ _ _ _ _〉다.(5자)

**4.** BTS는 '_ _ _ _ _ _ _ _ _ _ _Boy Scouts'의 약자이기도 하다.(11자)

**5.** BTS의 소속사는 '_ _ _Hit Entertainment'다.(3자)

**6.** BTS는 빌보드 뮤직 어워드에서 미국의 가수 '_ _ _ _ _ _Swift'를 만났다.(6자)

## 세로

**1.** BTS의 데뷔곡은 '_ _  _ _ _ _  _ _ _ _ _ _'이다.(2자, 4자, 5자)

**3.** 진은 서바이벌 예능 프로그램인 〈_ _ _ _ _ _의 법칙〉에 출연한 적이 있다.(6자)

**5.** BTS를 키우면서 대박을 예감한 프로듀서의 성은?(4자) _ _ _ _

# 오디션 타임: 댄스

## 제1라운드

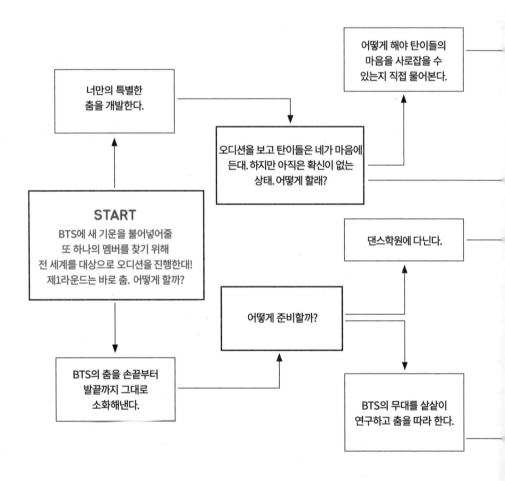

어떻게 해야 탄이들의 마음을 사로잡을 수 있는지 직접 물어본다.

너만의 특별한 춤을 개발한다.

오디션을 보고 탄이들은 네가 마음에 든대. 하지만 아직은 확신이 없는 상태. 어떻게 할래?

### START
BTS에 새 기운을 불어넣어줄 또 하나의 멤버를 찾기 위해 전 세계를 대상으로 오디션을 진행한대! 제1라운드는 바로 춤. 어떻게 할까?

댄스학원에 다닌다.

어떻게 준비할까?

BTS의 춤을 손끝부터 발끝까지 그대로 소화해낸다.

BTS의 무대를 샅샅이 연구하고 춤을 따라 한다.

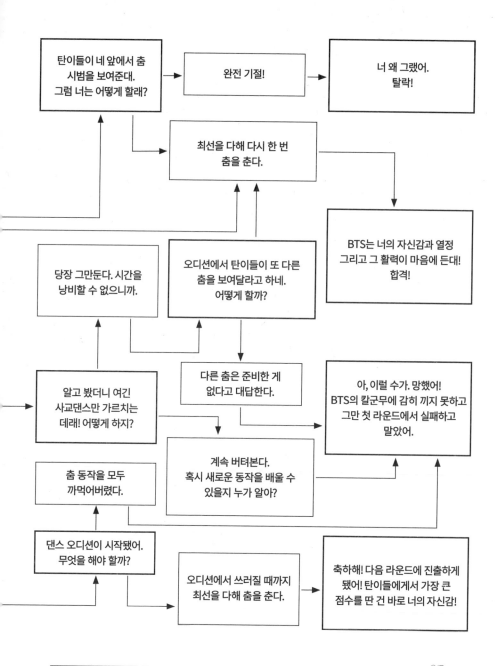

탄이들이 네 앞에서 춤 시범을 보여준대. 그럼 너는 어떻게 할래?

완전 기절!

너 왜 그랬어. 탈락!

최선을 다해 다시 한 번 춤을 춘다.

BTS는 너의 자신감과 열정 그리고 그 활력이 마음에 든대! 합격!

당장 그만둔다. 시간을 낭비할 수 없으니까.

오디션에서 탄이들이 또 다른 춤을 보여달라고 하네. 어떻게 할까?

알고 봤더니 여긴 사교댄스만 가르치는 데래! 어떻게 하지?

다른 춤은 준비한 게 없다고 대답한다.

아, 이럴 수가. 망했어! BTS의 칼군무에 감히 끼지 못하고 그만 첫 라운드에서 실패하고 말았어.

춤 동작을 모두 까먹어버렸다.

계속 버텨본다. 혹시 새로운 동작을 배울 수 있을지 누가 알아?

댄스 오디션이 시작됐어. 무엇을 해야 할까?

오디션에서 쓰러질 때까지 최선을 다해 춤을 춘다.

축하해! 다음 라운드에 진출하게 됐어! 탄이들에게서 가장 큰 점수를 딴 건 바로 너의 자신감!

# 오디션 타임: 노래

## 제 2 라운드

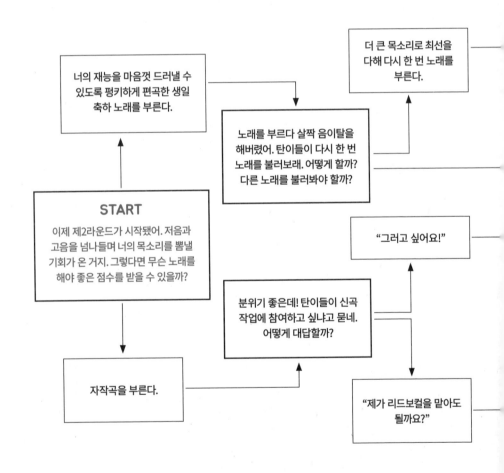

더 큰 목소리로 최선을 다해 다시 한 번 노래를 부른다.

너의 재능을 마음껏 드러낼 수 있도록 펑키하게 편곡한 생일 축하 노래를 부른다.

노래를 부르다 살짝 음이탈을 해버렸어. 탄이들이 다시 한 번 노래를 불러보래. 어떻게 할까? 다른 노래를 불러봐야 할까?

### START

이제 제2라운드가 시작됐어. 저음과 고음을 넘나들며 너의 목소리를 뽐낼 기회가 온 거지. 그렇다면 무슨 노래를 해야 좋은 점수를 받을 수 있을까?

"그러고 싶어요!"

분위기 좋은데! 탄이들이 신곡 작업에 참여하고 싶냐고 묻네. 어떻게 대답할까?

자작곡을 부른다.

"제가 리드보컬을 맡아도 될까요?"

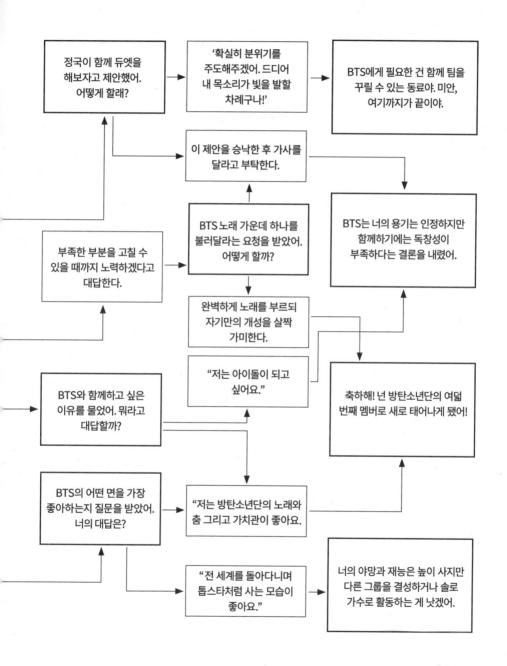

정국이 함께 듀엣을 해보자고 제안했어. 어떻게 할래?

'확실히 분위기를 주도해주겠어. 드디어 내 목소리가 빛을 발할 차례구나!'

BTS에게 필요한 건 함께 팀을 꾸릴 수 있는 동료야. 미안, 여기까지가 끝이야.

이 제안을 승낙한 후 가사를 달라고 부탁한다.

BTS 노래 가운데 하나를 불러달라는 요청을 받았어. 어떻게 할까?

부족한 부분을 고칠 수 있을 때까지 노력하겠다고 대답한다.

BTS는 너의 용기는 인정하지만 함께하기에는 독창성이 부족하다는 결론을 내렸어.

완벽하게 노래를 부르되 자기만의 개성을 살짝 가미한다.

"저는 아이돌이 되고 싶어요."

BTS와 함께하고 싶은 이유를 물었어. 뭐라고 대답할까?

축하해! 넌 방탄소년단의 여덟 번째 멤버로 새로 태어나게 됐어!

BTS의 어떤 면을 가장 좋아하는지 질문을 받았어. 너의 대답은?

"저는 방탄소년단의 노래와 춤 그리고 가치관이 좋아요.

"전 세계를 돌아다니며 톱스타처럼 사는 모습이 좋아요."

너의 야망과 재능은 높이 사지만 다른 그룹을 결성하거나 솔로 가수로 활동하는 게 낫겠어.

# FACT FILE:
## 제이홉

**제이홉에 관한 다음 네 가지 설명 가운데 진실은 오직 세 가지뿐.**
**각 문장을 읽고 진실이라고 생각하면 ♡ 표시를,**
**거짓이라고 생각하면 X 표시를 해봐.**

정답은 93페이지에 있어.

1. 제이홉은 드레이크의 〈In My Feelings〉 뮤직비디오에 출연했다.

2. 제이홉은 동물로 다시 태어나게 된다면 힘센 코끼리가 되고 싶다고 말했다.

3. 제이홉에게는 패션 디자이너인 누나가 있다.

4. 제이홉의 취미 중 하나는 아이쇼핑이다.

# 내 인생
# 최고의 날

**대박! 내가 이벤트에 당첨됐대! 친구랑 방탄소년단의 럭셔리한
숙소에서 하루를 함께 보낼 수 있다지 뭐야!
내 인생에서 가장 짜릿한 하루를 깨알같이 일기로 남기려고 해.
빈칸을 한번 채워봐.**

대박! 이게 웬일이래. 뭔가를 함께 할 친구를 고르는 일은 언제나 어려워.
하지만 이런 때 딱 떠오르는 친구가 있지. 바로 ....................야.

전화로 이 소식을 전하면서 난 ............의 이 ....................한 반응에 웃겨
서 죽을 뻔했어.

...............가 가장 좋아하는 방탄 멤버는 ................, 그리고 내 최애는
.........................야.

대망의 그날, 교통편이며 숙소, 먹을 것, 마실 것까지 전부 우리를 위해 마
련되어 있었어. 그리고 우리를 돌봐줄 친절한 매니저 한 분이 함께했지.
우리는 서울의 어느 럭셔리한 호텔에서 하룻밤을 보내고 방탄소년단의
숙소까지 택시를 타고 이동했어!

나는 ..........................................................................................를 입었어. 여기에
.....................................와 새로 산.........................................도 매치했지.

일곱 명의 탄이들이 바깥에 서서 우리를 기다리고 있는 모습이 눈에 들어
왔어. 심장이 터져버릴 것만 같았지. 택시에서 내리는 우리를 보고 활짝 웃
더라니까. RM이 성큼 다가와 이렇게 말했어.
"..........................................................................................................
.................................................................................... ."

그러더니 우리에게 멤버들을 한 명, 한 명 소개해줬지. 마치 우리가 자기
들을 모르기라도 하는 듯이 말이야! 탄이들이 정중하게 .........................
.................................................................................... .

방탄이들이 우리를 안으로 안내해줄 때까지 잠시 기다렸어. 그리고 숙소
를 둘러보는데 우린 정말 신이 났지!

숙소의 벽은 ...............................................................................
.................................................................................... .

진이 "..........................................................................................
.................................."라고 말하는데 우린 빵 터지고 말았어.

"여긴 슈가 형 방이에요." RM이 방문을 열면서 말했어. 그래서 우린 안으
로 들어갔지. 슈가의 방은 .............................................처럼 보였어.
사방이.............................................와 .........................였거든.

슈가는 말했어. "..........................................................................
.................................................................................... ."

그다음은 뷔의 방이었어. 좀 색달라 보였지. 왜냐하면 ............................
...................................................................... . 게다가 ...................
.........................................................더라고.

나는 뷔에게 물었어. "......................................................... ?"
그러자 뷔가 대답했지. "......................................................... ."

정국이 끼어들었어. "............................................................. ."

제이홉의 방에는 ....................................................................
............................................... .
RM의 방은 ...........................................................................
............................................... .

진의 방을 구경하던 우리는 깜짝 놀라고 말았어. 왜냐하면 ......................
........................................ . 그리고 정국은 방 구경을 시켜주면서 좀
창피해하는 것 같았어. ...........................................................
.........................................을 깜빡했다면서 말이야.

지민의 방은.................................................와 ...........................
......................................... 같은 게임들로 가득했어. 그리
고 잔뜩 기대에 찬 얼굴로 우리한테 같이 게임을 하자고 하더라니까.

"잠깐만." 진이 말했어. "난 같이 먹으려고 .........................을 요리해놨단
말이야."
진은 서둘러 어디론가 가더니 접시를 들고 돌아왔어. 그래서 우린 모두 함
께 앉아 열심히 먹었지. 그때 그 기분은 .......................................
....................................... !

그다음에 우리는 ......................... 게임을 했어. 그 게임은 .....................
................................................라는 거였어.

"깜짝 선물이 있어요." 뷔가 말했어. "이리 좀 와볼래요?" 뷔가 우리를 어디
론가 데려갔어. 작은 무대가 있는 커다란 방이었어.

"여긴 우리 리허설 방이에요. 우리 신곡 좀 들어봐 줄래요?"
나도 모르게 내 입에서 "..........................................."라는 말이 튀어나왔지.

탄이들이 잠시 어디론가 사라졌어. 음악이 흘러나오기 시작했지. 나는 그
저 녹음된 노래를 듣겠거니 생각했어. 그런데 탄이들이 무대 위로 걸어 나
오더니 노래와 춤을 시작하는 거야!

노래가 끝날 무렵 탄이들이 우리를 보고 씩 웃었어. 미친 듯이 환호를 보내
며 박수를 치던 우리는 완전 입이 귀에 걸리고 말았어.

"이 노래 제목은 '........................'예요. 마음에 들어요?" 제이홉이 물었어.
"......................................................................... ." 우리는 입을 모아 말했지.

우리는 서로 선물을 교환하며 하루를 마무리했어. 나는 멤버 한 명, 한 명
에게 ....................를 주었어. 그리고 탄이들이 우리에게 ........................
.....................................................를 주니 어쩔 줄을 모르겠더라고.

마치 꿈을 꾼 듯했어. 정말 내가 탄이들과 하루를 보낸 게 맞나? 하지만 분
명 현실이었다고! 그리고 이제 일기를 쓰려 해. 영원히 간직할 수 있도록
말이야.

# 미스터리
# 트위터

**다음에 나오는 트윗은 누가 쓴 건지 알아볼 수 있겠어?**
**가장 마지막에 네가 생각하는 이름을 써봐.**
그리고 93페이지를 펴서 정답인지 확인해보길!

🐦 내 앞머리.

..........................................................................................................

🐦 ㅋㅋㅋㅋㅋㅋㅋㅋㅋㅋㅋㅋㅋㅋ정호석ㅋㅋㅋㅋㅋㅋㅋㅋㅋㅋㅋ사랑해

..........................................................................................................

🐦 꼬끼오~!!

..........................................................................................................

🐦 오늘 5주년 아미 여러분들 덕에 너무 즐거웠어여! 6주년에 또
봐요!!

..........................................................................................................

🐦 피리 소리를 따라가!!

이 트윗의 주인공은 바로 ...................................................................................야.

# FACT FILE: 지민

**지민에 관한 다음 네 가지 설명 가운데 진실은 오직 세 가지뿐.
각 문장을 읽고 진실이라고 생각하면 ♡ 표시를,
거짓이라고 생각하면 X 표시를 해봐.**

정답은 94페이지에 있어.

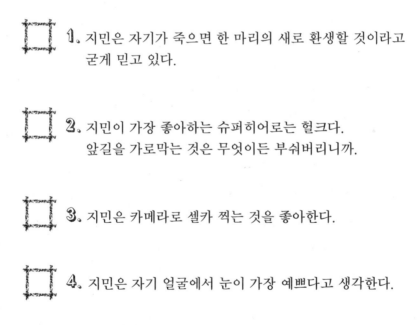

1. 지민은 자기가 죽으면 한 마리의 새로 환생할 것이라고 굳게 믿고 있다.

2. 지민이 가장 좋아하는 슈퍼히어로는 헐크다.
앞길을 가로막는 것은 무엇이든 부숴버리니까.

3. 지민은 카메라로 셀카 찍는 것을 좋아한다.

4. 지민은 자기 얼굴에서 눈이 가장 예쁘다고 생각한다.

# 리스펙하거나 디스하거나

**방탄소년단은 끈끈한 팀워크를 뽐내지만 비글돌로 유명한 만큼 서로를 놀리는 것도 좋아해. 멤버들이 하는 이야기를 들어보고 디스인지 리스펙인지 한번 판단해보자.**

### 지민
"뷔는 모두가 자기에게 집중하도록 하는 게 특기예요!"

☐ 리스펙                          ☐ 디스

### 제이홉
"슈가 형은 멤버들을 진짜 잘 챙겨요. 모두를 돌봐주는,
약간 숨겨진 리더 같은 느낌이에요."

☐ 리스펙                          ☐ 디스

### RM
"지민이 형이 우리 중에서 가장 로맨틱한 것 같아요. 사람들한테 선물하는
걸 좋아해요. 선물을 주는 문화도 가장 먼저 시작했어요."

☐ 리스펙                          ☐ 디스

## 진

"제가 개인적으로 춤을 굉장히 못 추는데, RM은 팀에서 춤을
진짜로 못 춥니다."

☐ 리스펙                    ☐ 디스

## 슈가

"방탄 멤버 중에 가장 다리가 짧기로 유명한 진 형."

☐ 리스펙                    ☐ 디스

## 정국

"(지민에 대해) 소심한데 뻔뻔하고 지기 싫어한다."

☐ 리스펙                    ☐ 디스

## 진

"제이홉은 비글 같아요. 숙소에서 정말 너저분하게 물건들을
여기저기 다 흘리고 다녀요. 그리고 항상 사람들에게 앵기죠."

☐ 리스펙                    ☐ 디스

## 지민

"그때 숙소에 들어가서 랩몬 형을 처음 봤었는데 와, 그땐 정말
연예인인 줄 알았는데, 지금은 아닌 거 같네요."

☐ 리스펙                    ☐ 디스

## 슈가

"(뷔에 대해) 모두가 이야기하는 건데, AB형은 천재 아니면 바보라고
하잖아요. 천재와 바보를 동시에 가지고 있어요."

☐ 리스펙                    ☐ 디스

누구의 말이 최고로 리스펙일까? ....................................................................

# 미스터리
# 트위터

**다음에 나오는 트윗은 누가 쓴 건지 알아볼 수 있겠어?**
**가장 마지막에 네가 생각하는 이름을 써봐.**

94페이지를 펴서 정답인지 확인해보길!
그리고 BTS에 대한 너의 촉이 어느 정도인지 한번 확인해봐.

🐦 영상을 찍었습니다. 하지만 정국이가 없다고 다시 찍자고 하네요 멤버들이...

.....................................................................................................

🐦 그래서 다시 찍었습니다. 근데 진형이 자기가 안 나온 거 같다고 다시 찍자고 하네요....!?

.....................................................................................................

🐦 활동 시작~!!!

.....................................................................................................

🐦 5년 동안 늘 믿어주시고 사랑해주셔서 감사해요. 요즘 여러분들 덕분에 더 살아 있음을 많이 느낍니다. 저도 사랑해요 아미. 그리고 우리 방탄 생일 축하합니다.

.....................................................................................................

🐦 좋은 날씨

이 트윗의 주인공은 바로 ......................................................................... 야.

# 일생일대의 인터뷰

**사람이 살다 보면 이런 일도 생길 수 있나봐!
글쎄 방탄소년단이 우리 동네에서 공연을 한대!
심지어 우리 동네 소식지에서 나보고 공연 전에 방탄소년단을 만나
인터뷰를 해오라는 거야. 그러면서 탄이들이 어느 호텔에 머무는지
귀띔을 해줬어. 하지만 과연 내가 방탄소년단에게 접근해
나와 인터뷰를 하자고 부탁할 수 있을까?
주어진 보기 중에서 하나를 골라 빈칸을 채워보자.
아니면 머릿속에 떠오르는 대로 써봐도 좋아.**

호텔에 가까워질수록 내 심장이 요동쳐. 자, 마음을 좀 가라앉혀야겠어. 프로답게 해보자. 지금은 그냥 팬이 아니잖아. 나는 기자라고! 호텔 정문에서 검은색 양복을 빼입은 남자가 웃으면서 문을 열어주네. 지금까진 꽤 잘하고 있어! 하지만 일단 안에 들어가면 무슨 일이 벌어질까? 나는 로비를 슬쩍 둘러봤어. 그런데 누군가 내게 말을 거는 거야.

"고객님, 무엇을 도와드릴까요?" 고개를 돌리자 한 여자가 프런트에서 나를 보고 있었어. 흠칫 놀란 나는 겨우 이렇게 말을 꺼냈지.

" ........................................................................................................................ "

(화장실이 어느 쪽에 있어요? / 방탄소년단이 여기 있나요? / 라운지가 어디죠?)

무엇을 해야 할지, 어디로 가야 할지 갈피를 잡을 수 없던 나는 호텔 밖으로 다시 나가 주변을 좀 살펴보기로 했지. 어쨌든 날씨가 끝내주잖아. 어쩌면 방탄소년단도 산책을 하고 있을지 누가 알아?

모퉁이를 돌아 나오는데 저 멀리서 아는 목소리가 들리는 거야. 그 소리가 점점 가까워질수록 가슴이 터질 것만 같았지. 이건 딱 들어도 틀림없이 ............................................................................의 목소리야!
(제이홉 / 슈가 / 강아지)

누군가 웃는 소리도 들려. 전기 충격이라도 받은 듯 온몸이 찌릿찌릿한 느낌이야. 그리고 드디어 방탄소년단이 내 눈앞에 나타났어! 탄이들은 ..........................................................................................있었어.
(탁자 주위에 모여 앉아 수다를 떨고 / 서로를 웃기고 / 춤 연습을 하고 / 가위바위보를 하고)

살짝 발걸음을 옮기는데 그만 우지끈! 잔가지를 밟은 소리가 우렁차게도 울려 퍼졌어. 아차 하는 사이에 건장한 보안요원이 다가오더니 방탄소년단에게로 나를 데려갔어. "......................................................................
............................................................................................"
(여기 수상쩍은 사람이 있네. / 여기 접근 제한 구역인 거 몰라요? / 이렇게 하는 게 내 일이라 어쩔 수 없어요.)

탄이들이 모두 나를 빤히 쳐다보고 있어. 나는 탄이들 앞에서 눈이 휘둥그레지고 입은 쩍 벌어졌어. 꿈만 같은 이 순간, 무슨 말이든 해야 할 텐데. 나는 숨을 깊이 들이마시고는 이렇게 말했어.
" ..........................................................................................
............................................................................................"
(잠시 인터뷰를 할 수 있는지 물으려고 했어요. / 이렇게 방탄소년단을 직접 만나다니, 이제 전 여한이 없어요. / 사랑해요.)

다행히 탄이들이 모두 씩 웃더니 내게 손짓하네. 그래서 나는 그 곁에 가서 앉았지. 하지만 보안요원이 이렇게 말하는 거야.
"................................................................................."
(제 지시에 따라서만 접근할 수 있습니다. / 지금 방탄소년단은 바쁘세요. / 감히 곁에 앉다니, 아직 나도 못 앉아봤다고.)

그러나 ..............................(RM / 진 / 슈가 / 제이홉 / 지민 / 뷔 / 정국)
이/가 "..............................................."라고 말하며 날 구해줬지.
(그냥 놔두세요. 같이 얘기하면 재미있을 거 같아요. / 이분은 저희 손님이세요. / 죄송하지만 자리 좀 비켜주실래요?)

나는 자리에 앉아 어떤 이유로 이 자리에 왔는지 설명했어. 진은 자기도 어렸을 적 기자가 되고 싶었다고 털어놨어. 그래서 난 웃으면서 대꾸했지. ".......................................................................................
......................................................................................."
(알고 있었어요. / 그랬어요? / 지금 기자가 아닌 게 아쉽나요?)

..............................(RM / 진 / 슈가 / 제이홉 / 지민 / 뷔 / 정국)이/가
"......................................................................................."
라고 말하자 모두가 빵 터지고 말았어.
(빨리 진한테 '기자는 이렇게 하는 거다' 하고 알려줘요. / 진은 자기 자신을 너무 사랑하거든요. / 진은 대신 먹는 걸 택했죠.)

놀랍게도 방탄소년단은 모두 내 질문에 진지하게 귀를 기울이고 진심을 담아 대답을 해줬어. 시간을 내줘서 고맙다고 인사하자, 탄이들이 자리에서 일어나 나를 꽉 안아줬지. 반쯤 넋이 나간 나는 비틀거리며 그곳에서 나왔어.

**이제 방탄소년단과의 상상 인터뷰를 직접 한번 써보자고!**

# 방탄소년단과의
## 독점 인터뷰

**취재:**

# 영어로 도전하는 십자말풀이

**다음에 주어진 설명을 읽고 옆 페이지의 십자말풀이 판을 채워봐.
단, 영어로 답해야 한다는 점을 명심해! 마음껏 실력을 발휘해보자고!**

정답은 94페이지에서 확인해보도록!

## 가로

**1.** '_ _ _ BULLET'은 BTS가 처음으로 연 단독 콘서트의 이름이다.(3자)

**3.** 진은 유명한 미국 래퍼 '_ _ _ _ _ WEST'의 팬이다.(5자)

**5.** RM은 'NEW _ _ _ _ _ _ _'에서 공부한 적 있다.(7자)

## 세로

**2.** BTS는 미국의 유명한 토크쇼 'ELLEN _ _ _ _ _ _ _ _ _ SHOW'에 출연했었다.(9자)

**4.** BTS 멤버 중 봄을 가장 좋아하는 사람은 _ _ _ _ _ 이다.(5자)

**6.** BTS의 맏형은 _ _ _ 이다.(3자)

# 미스터리
# 트위터

**네티즌 수사대로서 갈고닦은 실력을 발휘해
트위터에 다음과 같은 흔적들을 남긴 멤버가 누군지 찾아내볼까?
가장 마지막에 네가 생각하는 이름을 써봐.**
정답은 94페이지에서 확인해보길!

🐦 더 멋지고 힘이 될 수 있는 사람이 될게요. 너무 고마워요 아미.
........................................................................................

🐦 마지막에 저거 레드문
........................................................................................

🐦 5년 동안 저희와 함께해주셔서 감사합니다. 정말 고마워요!
........................................................................................

🐦 Armyのガーディアンズ
........................................................................................

🐦 덥네요


이 트윗의 주인공은 바로 ..................................................................야.

# BTS 투어 엿보기

**방탄소년단은 곧 대규모 투어 콘서트를 앞두고 있어.
그런데 덜렁대는 인턴 한 명이 그만 노래 제목을 뒤죽박죽으로
입력해 놨다지 뭐야. 탄이들은 당장 선곡 목록이 필요한데,
이 상태로는 도저히 알아볼 수가 없대. 네가 잠깐 들러서 노래 제목을
바로잡고 공연이 순조롭게 진행될 수 있게 도와줄래?**

· 정답은 94페이지에 나와 있어. ·

1. ⟨ON ROME ARMED⟩

......................................................................................

2. ⟨EW ERA BLURTOEFLOP TP.2⟩

......................................................................................

3. ⟨GANDER⟩

......................................................................................

4. ⟨CMI PROD⟩

......................................................................................

**5.** 〈남상자〉

.........................................................................................................

**6.** 〈물피눈땀〉

.........................................................................................................

**7.** 〈타르불오네〉

.........................................................................................................

**8.** 〈KEAF OLEV〉

.........................................................................................................

**9.** 〈VASE EM〉

.........................................................................................................

**10.** 〈AND〉

.........................................................................................................

# FACT FILE: 뷔

**뷔에 관한 다음 네 가지 설명 가운데 진실은 오직 세 가지뿐.
각 문장을 읽고 진실이라고 생각하면 ♡ 표시를,
거짓이라고 생각하면 X 표시를 해봐.**

정답은 95페이지에 있어.

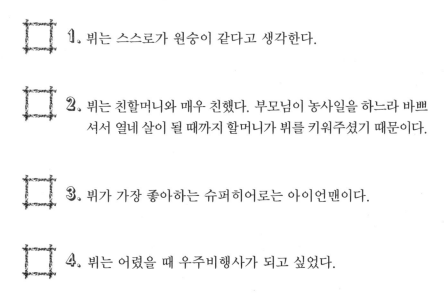

1. 뷔는 스스로가 원숭이 같다고 생각한다.

2. 뷔는 친할머니와 매우 친했다. 부모님이 농사일을 하느라 바쁘셔서 열네 살이 될 때까지 할머니가 뷔를 키워주셨기 때문이다.

3. 뷔가 가장 좋아하는 슈퍼히어로는 아이언맨이다.

4. 뷔는 어렸을 때 우주비행사가 되고 싶었다.

# 쉿!

**다음은 탄이들이 무심코 누설했지만
이제 와서 후회하는 놀랍고도 부끄러운 과거들이야.
다음의 사실들이 누구와 관련 있는지 추측할 수 있겠니?
빈칸에 이름을 써봐.**

정답은 95페이지에서 확인해보도록!

1. 멤버들에 따르면 이상하게 구겨진 자세로 잠을 잔다고 한다.

   누구일까?: .............................................................................................

2. 손톱 물어뜯는 버릇이 있다.

   누구일까?: .............................................................................................

3. 침대가 가장 지저분한 멤버다.

   누구일까?: .............................................................................................

4. 정국이 없어진 속옷을 찾아 헤맸는데 사실 이 멤버가 입고 있었다.

   누구일까?: .............................................................................................

**5.** 가끔은 두 팔을 머리 위로 번쩍 올리고 자는 모습이 목격된다.

누구일까?: ........................................................................................................

**6.** 아주 큰 인형을 좋아한다.

누구일까?: ........................................................................................................

**7.** 초능력이 있다면 자동차와 대화를 나누고 싶다고 생각한다.

누구일까?: ........................................................................................................

**8.** 뷔에게 이어폰을 빌려갔다가 뷔가 돌려달라고 하자 잃어버렸다고 대답했다. 그런데 두 달 후 바로 그 이어폰을 끼고 작업하고 있었다!

누구일까?: ........................................................................................................

**9.** 공포영화 보는 것을 너무 무서워한다.

누구일까?: ....................................................................

**10.** 어렸을 적에 엄마를 위해 직접 밸런타인데이 초콜릿을 만든 적이 있다. 한꺼번에 많은 양의 초콜릿을 녹이려다가 실수로 모두 태워버렸고 엄마는 정말 화가 나셨다.

누구일까?: ....................................................................

**11.** 숙소에서 밤에 큰 소리로 노래 부르는 버릇이 있다.

누구일까?: ....................................................................

**12.** 하루 동안 휴가가 주어진다면 진은 방탄소년단 가운데 이 멤버를 하인으로 삼아 이리저리 부려먹고 싶어 한다.

누구일까?: ....................................................................

# 미스터리
# 트위터

**다음에 나오는 트윗을 읽고 누가 썼는지 한번 맞춰볼까?**
**가장 마지막에 네가 생각하는 이름을 써봐.**
그리고 95페이지를 펴서 네 생각이 맞았는지 확인해보길!

🐦 뭐하냐

........................................................................................................

🐦 여러분 미안요. 채팅 볼라고 키는 순간 꺼짐요. 질문은 다음에
받겠습니다.. 쏘리 앤드 땡큐!!

........................................................................................................

🐦 Will 몬이 love me...?

........................................................................................................

🐦 겨울엔 뻥튀기

........................................................................................................

🐦 며칠 전 정국님께 이 곡 커버해달라고 부탁드렸더니 다음 날 해서 톡으로
보내주셨어요.. 들으시는 순간 정국 ㄴㄴ 천국입니다.

이 트윗의 주인공은 바로 ................................................................... 야.

# 좌충우돌 비글돌

방탄소년단은 비글미 넘치기로 유명하지.
우리가 탄이들의 농담에 정색을 할 때조차 분명 자기들끼리는
낄낄대고 난리일 거야. 어떤 멤버가 가장 웃긴지 네가 한번 심판이
되어보는 건 어때? 다음의 농담을 읽고 1~5점까지 점수를 매겨봐.
마지막에 점수를 모두 합산해서 방탄소년단 내 최고의
비글돌은 누구인지 가려보자고!

### RM

"(제이홉에 대해) 어렸을 적 테니스를 쳤었어요.
그리고 대회에서 동메달을 땄죠. 그런데 출전한 팀이
셋밖에 없었대요. 그러니까 축하해."

?/5

"지민, 유 갓 노 잼스!(You got no jams!)"

?/5

### 진

"아임 월드와이드 핸섬.(I'm worldwide handsome.)"

?/5

"(슈가에 대해) 침대에 찰싹 붙어 있는 걸 좋아해요."

?/5

## 슈가

이성에게 매력을 어필할 때 이렇게 할 것이라고 말했다.
"이 목걸이 마음에 들어? 3달러야."

$$\frac{?}{5}$$

"저기 있는 갈매기도 여친이 있는데 나는 왜 안 생겨?"

$$\frac{?}{5}$$

## 제이홉

"인터뷰에서 동물원 사육사가 어깨에 뱀을 둘러준
경험에 대한 질문을 받고 제이홉은 영어로
이렇게 대답했다. "I hate snake!"

$$\frac{?}{5}$$

"네 침이 내 얼굴에 튀었어!
(Dirty water on my face!)"

$$\frac{?}{5}$$

## 지민

"(방탄소년단 오디션 과정에 대해) 저는 랩까지
배워야 했어요. 그런데 제 랩을 한번 듣더니
이러시더라고요. '그냥 노래 연습을 열심히 하자.'"

$$\frac{?}{5}$$

"제이홉 형! 나 섹시하지 않아요?"

$$\frac{?}{5}$$

### 뷔

"우리 할머니가 통통한 거 좋아하셔서
(제가 계속) 먹고 있어요."

$\dfrac{?}{5}$

"(RM에 대해) 제 생각에 10퍼센트 천재,
90퍼센트 바보인 거 같아요.

### 정국

"(슈가에 대해) 할아버지 같아요. 하지만 음악에 대한
열정이 넘치죠. 그리고 아는 것도 많아요.
하지만 그래도 할아버지예요."

$\dfrac{?}{5}$

"화장실에 가려고 했는데 못 갔어요.
우리가 상을 타게 돼서요."

가장 비글미 넘치는 멤버는 누구라고 생각하니? ...............................................

# 탄이들과의 하루, 너의 선택은?

**탄이들과 함께 시간을 보낼 기회가 생긴다면 뭘 하고 싶니?
다음에 나오는 보기들을 훑어보고 두 가지 상황 가운데
더 마음에 드는 쪽을 골라봐. 친구들과도 함께 해보고
서로 결과를 비교해보는 건 어떨까?**

제이홉과 재미있는 테니스 시합 ☐

OR

슈가와 농구 한 게임 ☐


뷔와 자전거 타기 ☐

OR

정국과 무술 수업 듣기 ☐


제이홉에게 춤 배우기 ☐

OR

RM에게 랩 배우기 ☐

방탄소년단과 놀이공원 가기 ☐

OR

방탄소년단과 스노클링 하러 가기 ☐


지민이가 너에게 자기 고향 소개해주기 ☐

OR

지민이에게 너의 고향 소개해주기 ☐


방탄소년단의 메이크업 아티스트 되기 ☐

OR

방탄소년단의 전속 헤어 아티스트 되기 ☐


제이홉과 헬리콥터 타기 ☐

OR

제이홉과 스케이트 타러 가기 ☐


슈가가 너에게 사랑 노래 써주기 ☐

OR

뷔가 너에게 시 써주기 ☐

방탄소년단과 돌고래 체험하기 ☐

OR

방탄소년단과 패러글라이딩 하기 ☐

RM과 노래방 가기 ☐

OR

RM과 카트 타기 ☐

정국과 영화 보러 가기 ☐

OR

정국과 멋진 레스토랑에서 밥 먹기 ☐

뷔와 놀이공원에서 놀기 ☐

OR

슈가와 바닷가에서 조개껍질 줍기 ☐

슈가와 함께 듀엣곡 부르기 ☐

OR

슈가가 너만을 위해 노래 불러주기 ☐

투어 공연 가는 비행기에 함께 타기 ☐

OR

공연 전에 백스테이지 방문하기 ☐


방탄소년단의 보컬 트레이너 되기 ☐

OR

방탄소년단의 퍼스널 트레이너 되기 ☐


방탄소년단을 위해 쇼핑하기 ☐

OR

녹음실에서 작업하는 모습 구경하기 ☐


방탄소년단과 바보 같은 게임하기 ☐

OR

멤버들이 저마다 비밀 털어놓기 ☐


방탄소년단의 매니저 되기 ☐

OR

방탄소년단의 베스트프렌드 되기 ☐

# 미스터리
# 트위터

**탄이들은 모두 트위터를 통해 아미들과 이야기 나누는 걸 좋아해.**
**그렇다면 다음의 트윗은 누가 쓴 건지 알아맞힐 수 있겠어?**
**가장 마지막에 네가 생각하는 이름을 써봐.**
그리고 95페이지를 펴서 정답을 확인해보길!

🐦 늦었는데 조심히 들어가요오. 고마워요.

..................................................................................

🐦 디다

..................................................................................

🐦 우리 모두가 땡! 고마워요 아미~ 페스타 다들 수고 많았습니다요!!

..................................................................................

🐦 아니 진짜 내 생각보다 잘 추는데? 웃지 마라 박지미니

..................................................................................

🐦 고마워여 더 열심히 할께여!!! 날이 너무 춥네요 모두 감기 조심하세여!!


이 트윗의 주인공은 바로 ........................................................................ 야.

# 아미는 나의 힘

방탄소년단은 이 세상 어느 아이돌보다도 팬들을 사랑하는 것 같아.
전 세계 아미들에게 늘 고마운 마음을 가진 탄이들은
시도 때도 없이 아미를 칭찬하고 마음을 표현하지.
다음은 그동안 방탄소년단이 아미에게 전했던 말들이야.
탄이들의 마음이 느껴지는 만큼 하트에 색칠을 해보자.

### 뷔

"보라해."

### 제이홉

"I'm your hope, I'm your angel."

### 지민

"아미가 없었으면 저희는 이렇게까지 못 올라왔고 무대도 못 했을 것이고
하고 싶은 것도 못 했을 것이고. 저희와 여기까지 함께 올라온 그런
분들인 것 같아요. Everything. 전부예요."

## 정국

"저는 솔직히 말해서 되게 즐거웠던 거 같아요. 왜냐하면 너무 많은 아미 분들이 공연장을 채워주셔서 많은 힘이 되었던 것 같아요. 안심이 됐다고 해야 하나. 함성 소리를 들으니까 그냥 마음 놓고 질렀던 것 같아요."

## 제이홉

"(원하는 곳에서 원하는 것을 할 수 있는 하루가 주어진다면 어떻게 하겠느냐는 질문에) 어느 팬과 하루를 보내겠다."

## RM

"본질에 충실한 것이 가장 크지 않았을까 생각을 해보는데요. 음악을 열심히 만들고 퍼포먼스를 하는 아티스트들인 만큼 퍼포먼스에 엄청난 신경을 쓰고 또 팬분들과의 소통도 게을리하지 않으면서……."

## 뷔

"아미 덕분에 지금의 방탄소년단이 있고, 아미가 없었으면 지금의 방탄소년단이 없었을 거예요."

## 정국

"We are far, far away, but we will always be together.(우리는 멀리멀리 떨어져 있지만, 언제나 함께할 거예요.)"

### 슈가

"우리 함께 날고 있음에 용기를 얻습니다. 추락이 두려우나 착륙은 두렵지 않습니다. 함께해주셔서 감사합니다. 항상 감사하고 사랑합니다."

### 제이홉

"솔직히 말해서 하루하루가 너무 지치고 힘든데, 버틸 수 있는 그 유일한 이유는 아미라고 생각해요."

### RM

"저희가 한국어로 노래를 해도 그 가사와 우리의 말들을 진심으로 이해해주신다는 점에 가장 뿌듯함을 느끼죠. 너무 많은 분들이 감사하게도 저희 가사나 말들을 번역해주시고 그 뜻과 메시지를 공감해주신다는 점에서 가장 뿌듯하고 자랑스럽습니다."

### 슈가

"(아미에게) 앞으로도 정말 오래오래 함께, 서로 힘이 되는 그런 존재가 됐으면 좋겠습니다."

### RM

"We are most proud of our fans. Our Army. They made all of this possible.(우리의 가장 큰 자랑은 우리 팬들, 우리 아미입니다. 아미가 이 모든 걸 가능하게 해줬죠.)"

# FACT FILE:
## 정국

**정국에 관한 다음 네 가지 설명 가운데 진실은 오직 세 가지뿐.**
**각 문장을 읽고 진실이라고 생각하면 ♡ 표시를,**
**거짓이라고 생각하면 X 표시를 해봐.**

정답은 95페이지에 있어.

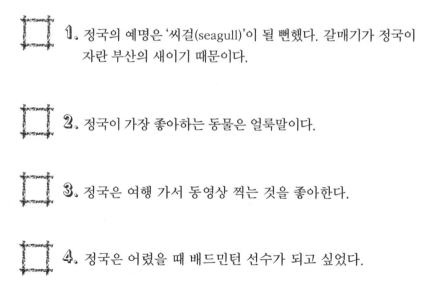

1. 정국의 예명은 '씨걸(seagull)'이 될 뻔했다. 갈매기가 정국이 자란 부산의 새이기 때문이다.

2. 정국이 가장 좋아하는 동물은 얼룩말이다.

3. 정국은 여행 가서 동영상 찍는 것을 좋아한다.

4. 정국은 어렸을 때 배드민턴 선수가 되고 싶었다.

# 진심 or 농담

**지금까지 방탄소년단이 이루어낸 모든 성과를
생각한다면 조금 잘난 척해도 우린 할 말이 없지.
탄이들은 진심을 털어놓을 때도 있지만,
때로는 마음이 붕 떠 농담이나 던지기도 하지.
그러면 다음에 나오는 방탄소년단의 말들을 읽고
진심인지 농담인지 판단해볼까?**

## 1. 진
"I'm worldwide handsome. (나는 세계적인 미남이지.)"

☐ 진심　　　　　　　　　　☐ 농담

## 2. 슈가
"민슈가, 천재. 뭐, 이 두 마디면 될 거 같아요."

☐ 진심　　　　　　　　　　☐ 농담

## 3. 뷔
"왜 무지개가 일곱 색깔인 줄 아세요? 방탄이 일곱 명이기 때문이죠."

☐ 진심　　　　　　　　　　☐ 농담

## 4. 제이홉
"제 성격이 아무리 밝다고 해도, 사람인지라 스트레스를 받습니다."

☐ 진심　　　　　　　　　　☐ 농담

## 5. RM

"모두가 태어난 순간부터 죽음을 담보로 하기에 삶은 더 아름다운 것. 빛도 어둠이 있어야 진정 빛이듯이."

☐ 진심              ☐ 농담

## 6. 지민

"MC는 언어는 중요하지 않아요. (중요한 건) 매력이죠, 매력."

☐ 진심              ☐ 농담

## 7. 진

"나는 얼굴이 패션의 완성이라고 생각하기 때문에 옷은 아무렇게나 입어도 되지."

☐ 진심              ☐ 농담

## 8. 슈가

"다음 생엔 돌멩이로 태어나고 싶어요."

☐ 진심              ☐ 농담

## 9. 뷔

"내 곁에 언제나 머물러주는 한, 그 사람이 어디서 왔건 정말 상관없다."

☐ 진심              ☐ 농담

## 10. 제이홉

"나는 비행기 일등석에 앉아 이 가사를 썼다. 그러다가 문득 내가 어렸을 적 꿈만 꾸던 그런 영광스러운 삶을 살고 있고, 또 어느새 그 삶에 익숙해졌다는 생각이 들었다. 그렇지만 예나 지금이나 나는 똑같은 사람, 똑같은 제이홉이다."

☐ 진심                    ☐ 농담

## 11. 정국

"노력이 나를 만든다. 지금 최선을 다하지 않으면 언젠가 후회하게 된다. 너무 늦었다 생각하지 말고 계속 노력해야 한다."

☐ 진심                    ☐ 농담

# 비밀 공연의 보안을 뚫어라

**세상에나! 방탄소년단이 극비로 준비하고 있는 공연의 VIP 입장권이 내 손에 들어왔어! 하지만 몇몇 중요한 정보들이 빠진 것 같아. 다음에 나오는 단서들을 가지고 공연이 열리는 장소와 특별 게스트를 알아낼 수 있겠니?**

정답은 95페이지에 있어.

---

공연은 1994년 제이홉이 태어난 곳과 동일한 도시에서 열린다.

공연이 열리는 장소는? ..........................................................

---

그 공연에 특별 게스트가 출연한다는 소문이 있어. 누군지 알고 싶다면 아래 표에서 K, V, B, X를 모두 지워봐.

| A | K | I | R | V | A | X | B | N |
|---|---|---|---|---|---|---|---|---|
| X | V | G | K | A | B | E | R | X |
| K | D | K | B | V | N | B | V | A |

극비에 부쳐진 특별 게스트는 바로: ..........................................

..........................................................................

# 선행돌, 방탄소년단

**방탄소년단은 기부와 자선활동을 열심히 하는 선행돌로도 유명하지.**
**지금껏 방탄소년단이 해온 선행을 어디까지 알고 있는지 시험해보자.**
**아래에 주어진 보기 가운데 하나를 골라 빈칸을 채워봐.**

정답은 96페이지에 나와.

**1.** 2015년 연예기획사가 밀집되어 있는 K-스타로드 조성 제막식에서
방탄소년단은 6,000킬로그램이 넘는 .................을 기부했다.
(옷 / 쌀 / 감자)

**2.** 방탄소년단은 전 세계적으로 가정폭력과 학교폭력, 성폭력으로
고통받는 어린이들과 10대 청소년들을 돕기 위해 '.......................'
라는 이름의 캠페인을 공식적으로 시작했다.
(Together Forever / Unity / Love Myself)

**3.** .................은 자신의 모교인 부산 회동초등학교 졸업생들의 중학교
교복비를 지원했다. 2016년에 시작된 이 선행은 학교가 문을 닫은
2018년까지 계속됐다.
(RM / 진 / 슈가 / 제이홉 / 지민 / 뷔 / 정국)

**4.** ..............는 스물다섯 번째 생일을 맞아 '아미'의 이름으로 우리나라 39개 고아원에 한우를 기부했다.

(RM / 진 / 슈가 / 제이홉 / 지민 / 뷔 / 정국)

**5.** 방탄소년단은 루게릭병에 대해 알리고 기부를 활성화하기 위한 ............................챌린지 캠페인에 동참했다.

(아이스버킷 / 얼굴에 파이 맞기 / 훌라후프)

**6.** 방탄소년단의 각 멤버는 '4·16 세월호 참사 진상규명 및 안전사회 건설을 위한 피해자 가족협의회'에 1,000만 원씩 기부했다. 4·16 가족협의회는 ..............년에 벌어진 세월호 참사의 유가족이 구성한 단체다.

(2011 / 2013 / 2014)

**7.** 2014년 방탄소년단은 .......................................에 참여해 쪽방촌 어르신들과 공부방 아이들을 만나 이야기를 나누고 음식과 음료를 전달했다.

(팬미팅 / 나눔봉사 프로그램 '케어링 핸즈' / 푸드뱅크 '맛있는 나눔 콘서트')

**8.** ....................와 .........................은 빈곤 가정을 돕기 위한 '위아자 나눔장터'에 자필서명이 담긴 티셔츠를 기부했다.

(RM / 진 / 슈가 / 제이홉 / 지민 / 뷔 / 정국)

# 미스터리
# 트위터

**탄이들은 모두 트위터를 통해 아미들과 이야기하는 걸 좋아해.**
**그렇다면 다음의 트윗은 누가 쓴 건지 알아맞힐 수 있겠어?**
**가장 마지막에 네가 생각하는 이름을 써봐.**

그리고 96페이지를 펴서 너의 기억력이 얼마나 좋은지 시험해봐.

🐦 정말 힐링하게 해줘서 고마워요 사랑합니다

.......................................................................................

🐦 진주귀걸이를 한 소년 #안농

.......................................................................................

🐦 보라해 보라해 보라해!!! 보라해!!! 보라해!!!!!! #아미하트방탄

.......................................................................................

🐦 아미한테 달려갈꺼에요

.......................................................................................

🐦 밥먹는거랑 점프하는건 나중에 뷔앱생방송으로 공개할게요
연탄한하루보내세요

이 트윗의 주인공은 바로 .................................................................... 야.

# 숨겨왔던 나의 스타 본능을 찾아서

**언젠가 방탄소년단처럼 세계적으로 선풍적인 인기를 끄는 아이돌이 되고 싶니? 그렇다면 다음에 나오는 문제들을 한번 풀어보고 네 안에 숨어 있는 슈퍼스타의 잠재력을 알아봐. 메가 히트를 기록하는 가수, TV를 평정하는 디바, 아니면 스타 배우가 될 수도 있지. 각 문제에서 A, B, C 가운데 하나를 골라봐.**

결과는 86~87페이지에서 확인할 수 있어.

1. 친구들이 묘사하는 너는?

   a. 사교적이다.

   b. 조용히 강하다.

   c. 약간 수줍음을 탄다.

2. 다음 중 너의 취향에 맞는 야외활동은?

   a. 손에 땀을 쥐게 하는 놀이기구 타기

   b. 카트 체험

   c. 스쿠버다이빙

3. 너의 성격과 가장 비슷한 동물은?

   a. 원숭이

   b. 사자

   c. 판다

**4.** 너의 스마트폰에 가장 필요한 기능은?

   **a.** 블링블링한 디자인

   **b.** 쨍한 색감의 액정

   **c.** 깨짐 방지 기능

**5.** 다음 중 가장 타고 싶은 것은?

   **a.** 레이싱 카

   **b.** 열기구

   **c.** 코끼리

**6.** 파티에 갔는데 네가 가장 좋아하는 음악이 흘러나오면 어떻게 할까?

   **a.** 모든 사람을 댄스 플로어로 끌어낸다.

   **b.** 혼자 댄스 플로어로 나간다.

   **c.** 수다를 떨면서 자연스레 몸을 흔든다.

**7.** 너의 생활기록부에 잘 어울리는 단어는?

   **a.** 분위기파

   **b.** 몽상가

   **c.** 모범생

**8.** 보컬 트레이너에게 음치 판정을 받았다면 너의 반응은?

    ⓐ. 계속 연습한다.

    ⓑ. 대신 악기를 연주하거나 춤을 춘다.

    ⓒ. 엄청나게 분노한다.

**9.** 베스트드레서 선발대회에서 우승을 했다면 시상식에서 너의 모습은?

    ⓐ. 감동 넘치는 수상 소감을 밝힌다. 이 상을 받을 수 있도록 지지해준 가족과 친구, 모든 지인에게 감사의 인사를 한다.

    ⓑ. 미소를 띠며 "고맙습니다"라고 말한 뒤 자리를 뜬다.

    ⓒ. 겸손하게 어깨를 한 번 으쓱한 후 더 훌륭한 분들이 많았다고 말한다.

**10.** 코스 요리 중 네가 가장 좋아하는 순서는?

    ⓐ. 디저트

    ⓑ. 전채 요리

    ⓒ. 메인 요리

**11.** 집에 불이 나서 급히 바깥으로 탈출해야 한다면 무엇을 들고 나올까?

    ⓐ. 스마트폰

    ⓑ. 코트

    ⓒ. 곰인형

### 페이지를 넘겨 네 안에 어떤 잠재력이 숨어 있는지 확인해봐.

# 결과

## 83~85페이지의 문제에서 A, B, C를
## 각각 몇 개씩 선택했는지 세어봐.
## 그리고 다음에 나오는 분석 결과를 통해 네 안에 숨어 있는
## 스타 본능을 확인해보자고!

### A가 가장 많을 경우: 메가 히트를 기록하는 가수

스포트라이트를 받는 것을 전혀 두려워하지 않는다.
실은 즐기는 편! 무대에 설 기회가 생겼을 때 네가 원하는
위치는 딱 한 곳, 바로 센터. 성공을 위해 필요한 강한
의지와 자신감, 에너지를 모두 갖췄지만 반드시 기억하도록
해. 네 안에 숨겨진 재능을 개발하기 위해서는 집중하고
열심히 노력해야 한다는 것을. 한번 도전해보자!

## B가 가장 많을 경우: TV를 평정하는 디바

관심을 한 몸에 받거나 목소리를 크게 내는 데에는 관심이
없지. 네가 원하는 것을 얻어내기 위해서 조용하지만 자신감
있게 접근하는 타입이니까. 그리고 다른 사람을 무작정 따라
하는 것도 너와는 맞지 않아. 사람들을 너무 밀쳐내지만
않으면 성공은 바로 너의 것이 될 거야.

## C가 가장 많을 경우: 스타 배우

그 누구도 파티에서 소울을 느끼는 너를 비난하지 않을 거야.
하지만 네가 원하는 건 그게 아니잖아? 합리적이고 신중한
너는 늘 적당한 선택을 하곤 하지. 하지만 정말 스타가 되고
싶다면 어느 정도 위험을 감수할 줄 알아야 해. 그리고
바깥세상으로 한 걸음 나가는 게 필요해. 마음만 먹으면 넌
할 수 있어. 문제는 네가 그런 마음을 갖느냐 하는 거야.

# 좋아해 or 사랑해

아미는 방탄소년단이 하는 말이라면 무엇이든 좋아하지.
아님 우리는 탄이들의 말을 사랑하는 걸까?
지금껏 탄이들이 우리에게 들려줬던 귀엽고 생각 깊고 재미있고
신나는 말들을 다시 한 번 음미해봐. 그리고 그 말을 좋아하면
동그라미에, 사랑하면 하트에 색칠을 해보자고!

(하트만 몽땅 칠해버리는 건 아니겠지?)

### 진
"먹으면 기분이 좋아지고 모든 사람들이 다 천사처럼 보인다."

### 정국
"눈가의 주름이… 갑자기 많이 생겼다. 너무 잘 웃어서 그런가."

### 슈가
"기억력이 좋아서 형들의 성대모사 같은 걸 잘한다. 정국이가 처음 왔을 땐
나보다 작았던 것 같은 기억이 있다. 그런데 커 가는 걸 쭉 보다 보니 마치
내가 업어 키운 것 같은 기분이 들기도 한다."

### 진

"불이 그렇게 뜨거운지 몰랐어요."

### 슈가

"반칙하는 사람은 못 이겨. 하지만 난 벌써 통과했지."

### 지민

"(제이홉 형은) 대단하고 훌륭한 멤버 같다. 팬분들은 '우리 호석이, 우리 호석이'라고 하며 형이 순수하고 착한 줄 안다. 하지만 사실은 웃으면서 동생을 잘 괴롭히고 장난을 치는 악마 같은 모습이 있다."

### 슈가

"너무 높게 날고 있는 것 같습니다. 너무 많은 게 보이고 너무 멀리 보입니다. 아래를 보니 때론 두렵기도 하네요."

### 지민

"웃으면서 막 장난하고 괴롭히는데 웃는 얼굴에 침 못 뱉는다는 옛말, 틀린 것이 하나도 없다."

### RM

"때로는 정말 우울해질 때도 있다. 하지만 사랑을 통해 우리는 가면을 벗고 진정한 자신의 모습과 마주해야 한다."

### 진

"인생의 모토가 있어요. 어리게 행동하면 얼굴도 어려진다."

### 정국

"어릴 때는 나중에 알아서 다 되겠지 싶었는데 이제는 부지런히 연습을 하며 스스로를 발전시켜야겠다는 생각을 한다."

### 뷔

"망가지는 것에 대한 두려움이 없어요. 어떤 표정을 지어도 좋아해주시는 것이 참 다행이에요. 저는 억지로 잘생겨지고 싶다는 생각이 없거든요. 부담스럽잖아요."

### 제이홉

"지민이는 평소에도 정말 귀여워요. 다시 말하자면 타고난 애교가 있어요."

# 정답을 확인해보자

## 넌 최정예 아미니?

(6~8페이지)

| | | | |
|---|---|---|---|
| 1. c | 4. a | 7. a | 10. a |
| 2. c | 5. b | 8. c | 11. c |
| 3. c | 6. b | 9. b | 12. c |

## FACT FILE: RM

(9페이지)

팩트 3이 거짓이야.

## 노래 제목을 찾아라!

(10~11페이지)

```
F M O T W U H K S E C P R L D
B R M E N O M V O F F O R B W
P C J A G I S T G U Y H E P S
R U S X E M I C B R O P V I N
N P H E F R D O X A J A W T I
S M Y I A R R R S F M D Z R I
D J O V K L U E B B V G I S I
B W Z O E T O X R Y T A E I F
I S I L V E R S P O O N R R K
T C G E P R I D F B M K P I D
M S J K H O W E P D E O Z N D
L E A A T K T V G O B I N G O
N N O I Y R I P S P U T W D R
L W S A V E M E C L H I L A C
N R E V U L N I Y O B D J Y P
```

## 셀럽들이 사랑하는 BTS
(12~14페이지)

| | | |
|---|---|---|
| 1. 리암 페인 | 7. 존 레전드 | 13. 할시 |
| 2. 메건 트레이너 | 8. 체인스모커스 | 14. 켈라니 |
| 3. 카밀라 카베요 | 9. 타이라 뱅크스 | 15. 찰리 푸스 |
| 4. 존 시나 | 10. 백스트리트 보이즈 | 16. 안셀 엘고트 |
| 5. 피터 크라우치 | 11. 자레드 레토 | |
| 6. 테일러 스위프트 | 12. 션 멘데스 | |

## FACT FILE: 진
(19페이지)

팩트 1이 거짓이야.

## 누가 말했을까?
(20~21페이지)

| | | |
|---|---|---|
| 1. 지민 | 4. 제이홉 | 7. 진 |
| 2. 뷔 | 5. RM | 8. RM |
| 3. 슈가 | 6. 정국 | |

## 진실 or 거짓
(22~24페이지)

| | | |
|---|---|---|
| 1. 진실 | 6. 진실 | 11. 거짓 |
| 2. 진실 | 7. 진실 | 12. 거짓 |
| 3. 거짓 | 8. 진실 | 13. 진실 |
| 4. 진실 | 9. 진실 | 14. 진실 |
| 5. 거짓 | 10. 진실 | 15. 진실 |

## 미스터리 트위터
(25페이지)

이 트윗의 주인공은 바로 지민이야.

## FACT FILE: 슈가

(30페이지)

팩트 1이 거짓이야.

## BTS에게 소확행이란?

(31~33페이지)

1. 화양연화
2. 여행
3. 옛날
4. 크림

5. 잘생겼다
6. 컴퓨터
7. 사랑
8. 침대

9. 식당
10. 농담
11. 서울숲
12. 머리

## 영어로 도전하는 십자말풀이

(34~35페이지)

## FACT FILE: 제이홉

(40페이지)

팩트 2가 거짓이야.

## 미스터리 트위터

(45페이지)

이 트윗의 주인공은 바로 진이야.

## FACT FILE: 지민

(46페이지)

팩트 1이 거짓이야.

## 미스터리 트위터

(49페이지)

이 트윗의 주인공은 바로 제이홉이야.

## 영어로 도전하는 십자말풀이

(54~55페이지)

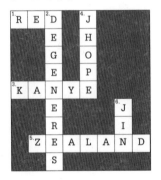

## 미스터리 트위터

(56페이지)

이 트윗의 주인공은 바로 정국이야.

## BTS 투어 엿보기

(57~58페이지)

1. No More Dream
2. we are Bulletproof pt.2
3. Danger
4. Mic Drop
5. 상남자

6. 피땀눈물
7. 불타오르네
8. Fake Love
9. Save Me
10. DNA

## FACT FILE: 뷔
(59페이지)
팩트 4가 거짓이야.

## 쉿!
(60~62페이지)

| | | | |
|---|---|---|---|
| 1. | 지민 | 7. | 뷔 |
| 2. | 뷔 | 8. | RM |
| 3. | 정국 | 9. | 진 |
| 4. | 슈가 | 10. | 진 |
| 5. | 제이홉 | 11. | RM |
| 6. | 뷔 | 12. | 슈가 |

## 미스터리 트위터
(63페이지)
이 트윗의 주인공은 바로 RM이야.

## 미스터리 트위터
(71페이지)
이 트윗의 주인공은 바로 슈가야.

## FACT FILE: 정국
(75페이지)
팩트 2가 거짓이야.

## 비밀 공연의 보안을 뚫어라
(79페이지)
공연 장소: 광주
특별 게스트: ARIANA GRANDE(아리아나 그란데)

## 선행돌, 방탄소년단
(80~81페이지)

1. 쌀
2. Love Myself
3. 지민

4. 슈가
5. 아이스버킷
6. 2014

7. 푸드뱅크 '맛있는 나눔 콘서트'
8. 뷔, 지민

## 미스터리 트위터
(82페이지)

이 트윗의 주인공은 바로 뷔야.

## 무엇이 달라졌을까?

1. 뷔의 셔츠에서 '버버리' 상표가 사라졌다.
2. 슈가의 재킷에서 단추가 하나 더 늘었다.
3. 슈가의 귀걸이가 없어졌다.
4. 진의 셔츠 소매에서 스트라이프가 사라졌다.
5. 정국의 니트에서 빨간 무늬가 늘어났다.
6. RM의 입술이 보라색이 되었다.
7. 지민의 넥타이에서 꽃이 사라졌다.
8. 제이홉의 오른손에 반지가 하나 더 늘었다.

JIN

"5주년, 아미 여러분들 덕에 너무 즐거웠어요!
6주년에 또 봐요!"

## SUGA

"우리 함께 날고 있음에 용기를 얻습니다.
추락이 두려우나 착륙은 두렵지 않습니다. 함께해주셔서 감사합니다.
항상 감사하고 사랑합니다."

J-HOPE

"나는 비행기 일등석에 앉아 이 가사를 썼다.
그러다가 문득 내가 어렸을 적 꿈만 꾸던 그런 영광스러운 삶을 살고 있고,
또 어느새 그 삶에 익숙해졌다는 생각이 들었다.
그렇지만 예나 지금이나 나는 똑같은 사람, 똑같은 제이홉이다."

## JIMIN

"아미가 없었으면 저희는 이렇게까지 못 올라왔고
무대도 못 했을 것이고 하고 싶은 것도 못 했을 것이고.
저희와 여기까지 함께 올라온 그런 분들인 것 같아요. Everything. 전부예요."

"아미 덕분에 지금의 방탄소년단이 있고,
아미가 없었으면 지금의 방탄소년단이 없었을 거예요."

# JUNGKOOK

"우리는 이제 막 시작했어요.
우리가 이루어야 할 더 멋진 일들이 남아 있죠."

# 무엇이 달라졌을까?

## 위에 있는 사진과 아래 있는 사진에는 8가지 다른 점이 있어.

정답은 96페이지에서 확인해봐.

**Picture Acknowledgements:**

Front cover: Yonhap/Yonhap News Agency/
Press Association Images

**Picture section:**
Page 1, Frazer Harrison/Getty Images
Page 2, Jeff Kravitz/Getty Images
Page 3–5, Frazer Harrison/Getty Images
Page 6, Kevin Mazur/Getty Images
Page 7, Frazer Harrison/Getty Images
Page 8, Yonhap/Yonhap News Agency/
Press Association Images